AF258051

# MORT

# AUX LIBELLES.

### Par M***.

# A PARIS;

Chez Madame GOULLET, Libraire, au Palais-Royal, galeries de bois, n°. 259.

1814.

# MORT

# AUX LIBELLES.

<hr>

Un Libelle est une lettre-de-change
de coups de bâtons, payable à vue.

<hr>

« Dans les grandes villes où la presse jouit
« de quelque liberté, on trouve toujours quel-
« ques-uns de ces misérables qui se font un
« revenu de leur impudence, de ces *Arétins*
« subalternes qui gagnent leur pain à dire et
« à faire du mal, sous prétexte d'être utiles
« aux belles-lettres : comme si les vers qui
« rongent les fruits et les fleurs pouvaient
« leur être utiles ! »

En aucun tems, comme à présent, les misérables dont parle Voltaire, ne se sont montrés en aussi grand nombre et aussi affamés. Ce n'est point aujourd'hui, sous le prétexte d'être utiles aux belles-lettres, mais c'est sous celui de donner à la France *une bonne constitution* : comme si la bassesse, la corruption , la venalité pouvaient produire quelque chose de grand, de juste, de généreux ! Les hommes que nous avons vus, sous l'ancien gouvernement, faire, à tant la page , l'apologie de ses principes et de ses institutions, et décrier ceux des souverains à qui Buonaparte faisait la guerre , voudraient aujourd'hui nous inspirer quelque confiance en tournant contre lui les phrases qu'ils ont écrites contre ses ennemis ! Ces hommes dont la plume encensait autrefois ceux qu'elle voudrait couvrir d'opprobre maintenant, prétendent en imposer au Roi, aux étrangers, aux Français , et dictent les bases de la constitution dans des écrits pleins de fiel, d'invectives, de fulminations ! Ils entassent libelle sur libelle, ils grossissent leurs *œuvres* , et ne s'aperçoivent pas qu'ils ne peuvent , sans rougir , en comparer le premier chapitre avec le dernier! Et ce sont là les hommes de qui nous tiendrions une constitution !... Non , non , il en sera fait justice. Cette licence sera réprimée ; et, en attendant que la censure soit établie convenablement , nous osons nous ériger en *tribunal*, pour juger les libelles et leurs auteurs. Nous ne manquerons pas de *considérans* en faveur de la condamnation que nous allons prononcer.

Nous dirons d'abord : c'est nuire au Roi que de satisfaire des haines personnelles dans des écrits que l'on imprime *pour lui* : c'est faire des mécontens , que de dire ce qu'ont fait ou n'ont pas fait les hommes qui composaient l'ancien gouvernement ; c'est faire injure à Louis XVIII qui s'est entouré d'une partie des corps que l'on cherche à décrier ; c'est être ennemi de la tranquillité publique et de l'union qui devrait animer les Français en ce moment plus que jamais ; c'est s'avilir aux yeux de

l'étranger qui, encore chez nous, nous re-
garde, et doit sourire de pitié aux guerres
d'injures que des Français livrent à des Français :
comme si le moment présent pouvait remplacer
le moment passé ; comme s'il était encore tems
d'empêcher ce que nous avons *tous* laissé faire ;
( nous disons *tous*, car le peuple est solidaire
avec le senat et les autres corps de l'état,
pour les concessions inouies que nous avons
faites à l'homme qui nous gouvernait ) ; c'est
sur-tout s'avilir aux yeux de l'étranger que de
l'accabler de louanges dont la prodigalité égale
la platitude, et qu'il serait honteux de recevoir
chez lui ; c'est.... en un mot, et nous le
répétons, *c'est nuire au* Roi.

A dieu ne plaise que nous voulions empêcher
une discussion de la constitution : tous y sont
intéressés ; l'avis de tous doit être écouté ; mais
une discussion libre, sans modération : des
écrits diffamatoires au lieu d'observations sages
et lumineuses, ne sont pas une discussion dans
laquelle il nous convienne d'entrer aujourd'hui ;

ce n'est même nullement une discussion, c'est une dispute personnelle et scandaleuse qui ne peut mener qu'à un sésultat fâcheux, et c'est trop nous écarter de la constitution. Qu'on en appelle, si l'on veut, à chaque individu; qu'on permette toute objection, toute réflexion qui pourront éclairer les hommes en qui le Roi a eu assez de confiance pour leur remettre le soin de rédiger cet acte important; mais qu'on défende les injures, les personnalités; qu'elles ne soient pas imprimées.

Nous en disons autant des imprécations qui paraissent chaque jour contre Buonaparte : s'il n'est pas généreux de battre un ennemi à terre, l'est-il de vilipender l'homme à qui tous, tant que nous sommes, avions prêté serment, que nous avions nommé notre empereur, de qui nous nous étions fait les sujets? Est-ce là observer les principes de modération recommandés, ordonnés même, dans le premier acte du gouvernement provisoire, où il est dit, art. 3 : « Aucune adresse, pro-

« clamation , feuille publique ou écrit parti-
« culier , ne contiendra d'injures ou expressions
« outrageantes contre le gouvernement ren-
« versé , la cause de la patrie étant trop noble
« pour adopter aucun des moyens odieux dont
« il s'est servi..» Que penserait de nous le
souverain bien aimé que nous possédons maintenant , s'il mesurait les sentimens de respect
et d'affection sur ceux de quelques hommes
qui ont hier , chanté , fêté , porté aux nues
Buonaparte , et aujourd'hui le déchirent ?...
Certes , son gouvernement fut une grande et
trop longue calamité ! Mais il n'est plus ; les
Bourbons nous sont rendus , nous sommes
sauvés ; oublions l'homme qui nous rendit
malheureux. Ne l'appelons point usurpateur ,
lorsqu'après l'assassinat de Louis XVI , et une
guerre civile de dix ans , nous avons fait
nous-même Buonaparte ce qu'il a été ; ne nous
plaignons point de ce qu'il a été *tyran* , *man-*
*geur d'hommes* , lorsqu'après l'avoir mis à la
tête du gouvernement , nous avons assez peu

respecté l'humanité pour lui donner nos en-
fans, quand et en aussi grand nombre qu'il
les a demandés ; reprochons-nous d'avoir tué
le meilleur des rois, et faisons preuve de re-
mords bien sincères dans notre entière sou-
mission à Louis XVIII, notre père à tous.

Mais revenons au jugement que nous voulons
prononcer sur les libelles.

Considérant, comme nous l'avons établi plus
haut, que publier un libelle diffamatoire, *c'est
nuire au roi ;*

Considérant que, comme un autre l'a dit
avant nous, *un libelle est une lettre-de-change
de coups de bâton, payable à vue ;* qu'ainsi
un libelle est une chose fâcheuse pour la so-
ciété, puisqu'il expose les auteurs à être battus
et tués, ce qui fait toujours des hommes de
moins ;

Considérant que s'il importe de prévenir de
tels malheurs, il n'est pas moins utile de
donner satisfaction aux personnes contre les-

quelles il a été ou sera imprimé des invectives, imprécations, etc. etc. , mais de manière
pourtant à ne pas exposer la vie des libellistes ;

Nous avons prononcé et nous prononçons
l'arrêt suivant :

Tout auteur de *libelle* fait ou à faire, est
condamné *à manger son ouvrage* (1).

---

Sous le Czar Pierre , un Russe s'avisa de publier un
ouvrage in-4°. rempli de réflexions hardies sur le pouvoir
illimité du Czar, et où il exposait l'injustice du gouvernement. Le coupable fut arrêté, on lui fit son procès ,
son livre fut déclaré être un libelle, et il fut condamné
à manger son propre ouvrage. La sentence fut exécutée à
la lettre. On dressa un échafaud dans une des places pu-
bliques ; le coupable fut amené, on ôta la reliûre du livre
dont on coupa aussi les marges, on en roula les feuilles
de la même manière que j'ai vu faire les billets de la
loterie à Guid-Hald. On servit a l'auteur du libelle chaque
feuille séparement, et il les mit dans sa bouche au grand
divertissement des spectateurs. Il commença à les mâcher ;
mais il fut obligé , sous peine d'une furieuse bastonade ,
de les avaler en aussi grand nombre que le médecin et le

La présente sentence sera exécutée publiquement sous la surveillance de l'exécuteur des jugemens criminels ; et pour cet effet il sera dressé un échafaud sur la place de Grève, où le coupable sera amené ; là, chaque feuille de son libelle lui sera servie séparément, et *il sera tenu de l'avaler.*

Ordonnons en outre que sur la porte de messieurs tel, tel, tel et tel, etc. etc., tous auteurs de libelles, il sera écrit en caractères indélébiles ce quatrain que Molière appliquait aux pédans, et qu'il semble aussi convenable d'adresser aux auteurs des 3799 écrits injurieux ou prétendues observations, réflexions, etc., sur la constitution :

---

chirurgien du Czar le croiraient possible sans exposer sa vie. Quand ils eurent arrêté qu'il serait dangereux de continuer, la sentence fut suspendue, et il fallut recommencer le londemain. Trois jours se passèrent avant que l'auteur eût entièrement avalé son livre.

( *Dictionnaire amusant et instructif de Maugenet,* tom. 2, pag. 40. )

« Il semble à trois gredins dans leur petit cerveau
« Que pour être imprimés et reliés en veau,
« Les voilà dans l'état d'importantes personnes,
« Qu'avec leur plume ils font le destin des couronnes?

Donné en notre palais de justice le 25 mai 1814.

LE MODÉRÉ, *président.*

SANSRANCUNE, *greffier.*

---

De l'Imprimerie de madame veuve PERRONNEAU,
quai des Augustins, n°. 39.

www.ingramcontent.com/pod-product-compliance
Lightning Source LLC
Chambersburg PA
CBHW051458060726
47596CB00006B/2823